W0350657

Loulou

de Montmartre

French cancan

Cette histoire est tirée du dessin animé
Loulou de Montmartre, épisodes 23, « Sylvia Newton »,
et 24, « Retrouvailles ».

© PICTOR MEDIA / THE ANIMATION BAND - 2007
Avec la participation de France 3 et Rai Fiction
Producteurs délégués :
Gilbert Hus, Charles Malka (France)/Marco Marcolini, Annita Romanelli (Italie)
Scénario de Françoise Boublil, Jean Helpert et Olivier Dehors
Réalisation de Patrick Claeys et Giuseppe Lagana
Création des personnages et des décors de Daniel Cacouault et Sidney Kombo

Pour la présente édition :
© 2012, Bayard Éditions
Tous droits réservés. Reproduction même partielle interdite.
Illustration de couverture : Diane Le Feyer
Maquette : Fabienne Vérin
Dépôt légal : mai 2012
ISBN : 978-2-7470-3750-1
Loi n° 49-956 du 16 juillet 1949 sur les publications destinées à la jeunesse.

Scénario de Françoise Boublil, Jean Helpert et Olivier Dehors
Texte de Michel Leydier

Loulou
de Montmartre

French cancan

bayard poche

Résumé de l'épisode précédent

Les secrets du Moulin Rouge

Loulou et ses amis du cabaret des horreurs ont joué un vilain tour à Mlle Trochu: ils l'ont tant terrifiée qu'elle leur a remis une lettre, écrite autrefois par Sofia, la mère de Loulou, et postée des États-Unis. Cette nouvelle a redonné de la détermination à la jeune fille pour reprendre son enquête. À l'Opéra, elle a retrouvé la trace de Fédora, qui était la meilleure amie de Sofia. La danseuse lui a raconté leur jeunesse, l'époque où elles étaient des figures du french cancan, et a promis à Loulou de lui présenter le directeur du Moulin Rouge, qui était très proche de sa mère.

Sur la route du retour, Loulou s'est fait agresser par des malfrats. Heureusement, Charles de Restinclière est venu à son secours. Il l'a emmenée chez lui, l'a soignée et, à son réveil, lui a avoué son amour... Loulou en a été d'autant plus troublée que Gaby, fou de jalousie, s'est montré particulièrement odieux ces derniers temps. C'est donc Charles qui a accompagné la jeune fille au Moulin Rouge. Hélas, le directeur ne lui a rien appris sur sa mère, mais il lui a proposé de faire un essai pour devenir, comme elle, danseuse de french cancan !

1

Un compte à régler

Loulou était folle de joie : elle allait passer un essai au Moulin Rouge, le célèbre cabaret où sa mère avait été une vedette ! La jeune fille avait hâte d'annoncer la nouvelle à ses amis du Ciel.

Hélas, Toby n'eut pas la réaction qu'elle attendait. Pourquoi Loulou cherchait-elle à les quitter ? Au lieu de partager son bonheur, il vivait cela comme une trahison.

– J'ai eu un mauvais pressentiment quand je t'ai vue partir, vêtue comme une princesse, au bras de ce maudit Charles de Je-ne-sais-trop-quoi…

À cet instant, Gertrude la Poilue, Max le Désossé et tous les autres membres de la troupe les rejoignirent dans les coulisses du cabaret des horreurs.

– Que se passe-t-il ici ? demanda la femme à barbe.

– Loulou veut nous abandonner, s'empressa de répondre Toby.

Puis, se tournant vers la jeune fille, il ajouta :

– Sans compter que tu t'exposeras à tous les dangers, en montrant ton visage sur scène…

– Je me maquillerai de telle sorte qu'aucun spectateur du Moulin Rouge ne pourra me reconnaître, assura-t-elle.

– Tu vas danser au Moulin Rouge ? s'exclama Gertrude, des étincelles dans les yeux.

Elle adressa à Toby une moue sévère :

– Et c'est pour ça que tu nous casses les oreilles, toi ?

Le petit baron préféra ne pas répondre. Il lança juste à Loulou un regard de dépit. La jeune fille, affreusement triste, ravala ses larmes avant de s'expliquer :

– Comment peux-tu croire que je vais vous abandonner, Toby ? Vous êtes ce qui m'est arrivé de plus beau dans la vie ! Vous m'avez sauvée, et je vous dois tout. Mais j'ai toujours rêvé d'être danseuse ! Je ne peux pas laisser passer cette chance…

À ces mots, l'expression de son visage changea, passant de l'exaltation au doute.

– Et puis, ce n'est qu'un essai… Ils ne voudront peut-être pas de moi…

– Comment ? s'écria Gertrude. Ne pas vouloir de notre Loulou ? C'est ce qu'on va voir !

Elle retroussa ses manches et asséna :

– Primo, n'écoute pas ce petit grincheux qui est tout simplement jaloux ! Deuzio, le Moulin Rouge, c'est pas du gâteau, alors Max et moi, on va te faire travailler ! Max, tu te souviens de ton numéro avec Nana la Sauterelle ?

– Comme si c'était hier ! répondit le contorsionniste avec entrain.

Se tournant vers la jeune fille, il ajouta d'un ton mystérieux :

– Moi aussi, tu sais, j'ai eu une petite carrière au Moulin Rouge...

– Fillette, tu vas comprendre pourquoi on l'appelle « le Désossé », ajouta la femme à barbe en riant. Ouvre bien les yeux ; après, ce sera ton tour !

Le couple se mit en position. Dans son coin, Toby tapait du pied, exaspéré :

– Puis-je vous signaler que la salle est pleine et que nous sommes censés donner une représentation dans deux minutes ? Vous voulez que j'aille conseiller aux spectateurs de faire du tricot en vous attendant ?

– Raconte-leur des histoires drôles, ça les fera patienter ! suggéra Gertrude.

Toby tourna les talons en soufflant :

– De toute façon, je préfère ne pas voir ça.

– Bon, on a du pain sur la planche ! reprit Gertrude, bien décidée à ignorer la mauvaise humeur de son ami.

John, l'homme à deux têtes, s'installa devant le vieux piano bastringue qui trônait dans les coulisses du cabaret. Il entama *La vie parisienne*, un air au rythme endiablé, tiré d'un célèbre opéra-bouffe. Gertrude et Max se lancèrent dans une démonstration de french cancan improvisée. Loulou tenta de les imiter ; c'était bien plus difficile que ça en avait l'air ! La femme à barbe l'aida à lever la jambe, de plus en plus haut, tout en restant dans le tempo et en gardant l'équilibre. La jeune fille tomba à plusieurs reprises, dans

un éclat de rire général. L'exercice du grand écart ne fut guère plus convaincant. Ce n'est qu'au troisième essai, et dans un cri de douleur, qu'elle réussit à ne pas s'écrouler sur le sol.

Gertrude se révéla un professeur intransigeant. Mais, au bout qu'un bon quart d'heure, son élève épuisée maîtrisait les figures de base du french cancan.

– Si tu t'entraînes suffisamment d'ici ton audition, ça devrait bien se passer, conclut la femme à barbe, confiante. Et maintenant, allons nous occuper de notre public !

À des milliers de kilomètres de Paris, sous un ciel étoilé, le *Queen of Arkansas* voguait paisiblement sur l'Arkansas River. À son bord, une jeune femme saluait le public ravi du spectacle qu'elle venait de lui offrir. L'artiste regagna les coulisses sous un tonnerre d'applaudissements. Elle pénétra dans une loge sur la porte de laquelle il était écrit : *Sylvia Newton*. Fatiguée, elle s'assit face au miroir et commença à se démaquiller.

Un homme aux cheveux blancs frappa et entra dans la pièce. C'était John, l'impresario de Sylvia. Il la félicita pour sa prestation, puis demeura un instant silencieux.

– Qu'y a-t-il, John ? demanda-t-elle. Vous faites une drôle de tête.

Il sortit une lettre de sa poche.

– Elle vient de France, précisa-t-il.

La jeune femme se retourna brusquement et ouvrit l'enveloppe avec précipitation. Une seule personne savait comment la contacter en Amérique : le directeur du Moulin Rouge. Elle lut lentement et en silence :

Chère Sofia,

Je viens de ressentir une immense joie et une immense tristesse, en rencontrant ta Loulou. Une adorable jeune fille qui te ressemble tant. Je lui ai menti. Je n'ai pas su lui dire que je connaissais ton adresse. Comment aurais-je pu ? Vos ennemis sont si déterminés ! Tu m'avais interdit de tenter quoi que ce soit pour la retrouver. Mais c'est elle qui est remontée jusqu'à moi. Alors, que dois-je faire ?

Lorsqu'elle eut fini, elle leva des yeux pleins de larmes vers John. « Sa » Loulou, elle ne la connaissait presque pas. Elle s'était tant de fois demandé ce qu'était devenu le bébé qu'elle avait dû abandonner. Elle avait si souvent rêvé de leurs retrouvailles.

Leurs ennemis étaient nombreux et déterminés, certes, mais n'était-il pas temps de leur montrer qu'ils avaient perdu ? Oui, Loulou lui manquait trop.

– Vous vous souvenez de cette proposition d'aller danser à Paris pour l'ouverture de l'Exposition universelle ? demanda-t-elle à John. Eh bien… je vais l'accepter. J'ai un compte à régler en France, et le moment est venu.

– Mais c'est de la folie ! s'exclama John.

– Je le sais.

Elle semblait si sûre d'elle qu'il n'insista pas davantage. Il s'approcha et lui baisa la main :

– Vous allez me manquer, ma chère Sylvia.

– Sofia, le corrigea-t-elle. Je m'appelle Sofia.

2

Le Palais des Illusions

Pour se rendre au Moulin Rouge, Loulou avait revêtu sa capeline et son manteau blancs aux bords carmin. Très intimidée, elle pénétra dans le célèbre music-hall. Les danseuses répétaient en musique, sous le regard expert du directeur de la revue, assis dans la salle. Dès que celui-ci aperçut la jeune fille, il frappa dans ses mains :

– Cinq minutes de repos, les filles ! On a de la visite.

Loulou avança vers lui, hésitante :

– Je suis désolée d'interrompre votre travail… Vous m'aviez dit que…

– Ne t'inquiète pas, je me souviens très bien de toi, répondit-il chaleureusement.

Il la présenta aux danseuses qui, toutes, portaient d'étonnants pseudonymes : la Torpille, Rosa la Rouge, Rayon d'Or, Nana la Sauterelle ou encore la Goulue. Elles étaient rayonnantes dans leurs tenues colorées, et plus belles les unes que les autres. Elles observèrent la jeune fille avec curiosité, puis le directeur demanda son aide à la Goulue :

– J'aimerais que tu me dises si, selon toi, cette petite peut rejoindre notre troupe.

L'air un peu contrarié, la Goulue examina Loulou de la tête aux pieds.

– Elle tète encore sa mère ? demanda-t-elle avec un ton méprisant et un fort accent des faubourgs parisiens.

– Elle ne la tète plus depuis qu'elle a été abandonnée, rétorqua Loulou avec aplomb.

– Ah oui ? Une môme abandonnée ? s'étonna la Goulue.

– Oui, madame, et une môme de la butte Montmartre.

– Tu commences à me plaire ! s'écria la danseuse. Voyons ce que tu as dans le ventre ! Retire ton manteau, tes chaussures, et en piste !

Loulou obéit. Elle portait, sous son manteau, la tenue de danseuse avec laquelle elle s'était présentée au concours d'entrée à l'Opéra. Les bras croisés, la Goulue la toisa.

– Ce costume est un peu sage pour la maison, commenta-t-elle. Mais on fera avec pour aujourd'hui.

Elle se tourna vers l'orchestre et ordonna aux musiciens de jouer, puis elle adressa un signe aux autres danseuses :

– On se met en position de départ ! On va voir si la petite orpheline est digne du Moulin Rouge !

Le directeur descendit de scène et retrouva son fauteuil dans la salle. De là, il admira la fille de sa chère Sofia qui effectuait ses premiers pas de french cancan. Elle avait la même grâce que sa mère. La leçon donnée par Gertrude et Max quelques jours plus tôt n'avait pas été inutile. Loulou imita sans difficulté les mouvements que lui montrait la Goulue. Tout le monde était sous le charme.

Lorsque l'orchestre acheva son morceau, des applaudissements éclatèrent. La Goulue posa les mains sur ses hanches et jaugea Loulou en souriant :

– Si je n'avais pas peur qu'elle prenne ma place, je dirais que cette môme, c'est de la graine de star !

Le directeur du Moulin Rouge, lui aussi, paraissait ravi. Au fond de la salle, un jeune homme était béat d'admiration : Charles de Restinclière était venu assister à l'audition !

– Bravo, Loulou ! s'écria-t-il.

Puis il s'approcha d'elle :

– Quand tu auras terminé, j'aimerais te faire découvrir un lieu que peu de gens ont encore vu...

– Quel lieu ? demanda-t-elle, les yeux brillants de curiosité.

– C'est une surprise...

L'Exposition universelle ouvrirait ses portes une semaine plus tard. Loulou et Charles se tenaient devant l'arche monumentale qui en constituait l'entrée. La jeune femme de l'accueil s'inclina en lisant la carte de visite du futur médecin.

– Eh bien, ton nom fait un sacré effet ! chuchota Loulou.

– Mon père est l'un des organisateurs de l'Exposition, expliqua Charles.

Après avoir marché quelques instants en silence dans les allées presque désertes, la jeune fille prit un air grave :

– Pourquoi ton père est-il si dur avec toi ?

Charles ne s'attendait pas à cette question. Il se mit à bégayer :

– Il... il... il a toujours été... très dur.

À cet instant, Gaby, accompagné de son fidèle collaborateur Marcel, passa à côté d'eux. Le baron

de Boisrobert devait prononcer son dernier discours avant l'ouverture de l'Exposition, et le jeune journaliste ne voulait rater ça pour rien au monde. Il savait que, en tant que rédacteur en chef du *Clairon*, on ne le laisserait pas y assister, pas même entrer sur le site ! Mais Gaby avait plus d'un tour dans son sac : il avait approché une société de cinématographe et avait convaincu ses responsables de le laisser couvrir l'événement. C'est donc sans aucune difficulté et armés d'une caméra que Gaby et Marcel avaient franchi l'imposant portail.

En découvrant Loulou et Charles qui déambulaient dans les allées de l'Exposition, Gaby eut un mouvement d'humeur. Que faisait encore Loulou au bras de ce gringalet ? Et comment pouvait-elle être assez inconsciente pour se promener à visage découvert à deux pas de ses ennemis ? Jaloux, furieux, il ne parvint même pas à mettre son amie en garde.

– Vous n'avez toujours pas appris à parler, Charles ? siffla-t-il simplement.

– Gaby ! protesta Loulou. Qu'est-ce que tu peux être méchant !

Le jeune aristocrate montra davantage de tempérament que lors de leur dernière altercation.

– Un de ces jours, je te montrerai…, grinça-t-il, les dents serrées.

– C'est ça ! le coupa Gaby, ironique. En attendant, Monsieur le Comte, Madame la Duchesse, je vous laisse à vos amourettes ! Nous autres gens du peuple, nous avons du boulot !

Et il tourna les talons, suivi de Marcel.

Loulou resta désemparée. Elle ne comprenait plus son ami. Il avait tellement changé depuis qu'elle avait fait la connaissance de Charles !

– Viens, dit ce dernier en lui prenant le bras. Allons visiter le Palais des Illusions.

Ils pénétrèrent dans un monument majestueux, fait de fer et de verre. D'immenses colonnes s'érigeaient du sol au plafond, formant une multitude de voûtes, à la manière d'une cathédrale gothique. Sur les murs, de grands miroirs habilement disposés démultipliaient les dimensions du Palais. On n'en voyait plus les limites.

Loulou et Charles s'avancèrent, émerveillés, jusqu'à une estrade. Juché sur celle-ci, un homme s'adressait à un parterre d'invités qui semblaient boire ses paroles.

– Mesdames et Messieurs, vous êtes parmi les premiers à admirer ce merveilleux Palais, symbole des prouesses techniques du XXe siècle naissant. Les réalisations de cette Exposition feront de la France une puissance enviée de tous.

En reconnaissant le baron de Boisrobert, Loulou recula :

– Oh, non ! Qu'est-ce qu'il fait là ?

– C'est aussi l'un des organisateurs, lui souffla Charles. Un vieil ami de papa... Ils sont de la même trempe. Tu préfères qu'on s'en aille ?

– Non, mais il vaut mieux qu'il ne me voie pas...

Elle se dissimula parmi les invités. Non loin de là, Gaby filmait la déclaration de Boisrobert. Lorsqu'il aperçut Charles et Loulou, une expression de colère se dessina de nouveau sur son visage.

– Il commence vraiment à m'agacer, ce Charles ! lâcha-t-il à voix basse.

Tout à sa fureur, il ne vit pas l'homme à la canne d'argent s'avancer vers lui :

– Bonjour, cher ami.

Gaby sursauta.

– Le baron de Boisrobert trouve votre présence indésirable, ajouta l'homme à l'écharpe rouge.

– La presse est libre dans ce pays, rétorqua Gaby.

– Plus pour longtemps… si le baron arrive à ses fins. Soyez très prudent et méfiez-vous de son complice, Tcherenko. De monstrueux projets sont en cours...

Gaby ne savait plus que penser de ce mystérieux personnage. Une chose était sûre, toutefois : il ne lui faisait pas confiance.

– Vous essayez de me piéger ? demanda-t-il sur un ton de défi.

– Vous ne croyez toujours pas en ma bonne foi ? Je vous ai pourtant sauvé la vie...

Puis, approchant son visage de celui de Gaby, le touchant presque, l'homme grinça :

– Où est Loulou ?

Malgré lui, le jeune journaliste chercha son amie des yeux et croisa son regard dans l'un des multiples miroirs. À distance, la jeune fille assistait avec effroi à leur conversation.

– Je l'ignore, mentit Gaby, mais j'ai entendu dire qu'elle était morte.

– C'est impossible ! rugit l'homme, en frappant le sol avec sa canne.

Et il sortit en hâte du Palais des Illusions.

Loulou était sous le choc. Pourquoi cet homme était-il à sa recherche depuis tant d'années ? Que voulait-il à Gaby ? Oubliant toute prudence, elle décida de le prendre en chasse.

Elle faussa compagnie à Charles et suivit l'homme à la canne d'argent, qui gagna bientôt une partie de l'Exposition où un village suisse avait été reconstitué. Un décor pastoral était reproduit dans ses moindres détails : prairies et chalets, montagnes en carton-pâte, paysans en tenue traditionnelle, et même des vaches qui ruminaient et beuglaient. Loulou se faufila derrière l'assassin de son père, en veillant à ne pas se faire remarquer. Elle savait qu'il était sur les traces de sa mère. Peut-être allait-il à son insu l'aider à la retrouver ?

L'homme à la cape noire s'arrêta devant un personnage arborant une tenue de Tyrolien. Dédé le Borgne, ainsi affublé, s'était attablé à la terrasse d'une auberge. Manifestement, cette entrevue était improvisée : le borgne sursauta en découvrant son patron.

– Je t'ai fait peur, Dédé ?

– Je… euh… je ne m'attendais pas à vous voir…

– As-tu reçu des nouvelles d'Amérique ?

– Oui… La dénommée Sofia a été localisée par le détective. Elle va rentrer en France, à bord du…

Soudain, une carriole passa à proximité de Loulou, couvrant la fin de la phrase. La jeune fille n'en revenait pas. Sa mère serait bientôt en France ! Sa joie fut vite remplacée par une terreur froide : il fallait à tout prix qu'elle la

rencontre avant que ses ennemis ne la trouvent. Mais comment faire sans connaître le nom du bateau, sans savoir à quel port il s'amarrerait ?

Elle fixa l'homme à la canne d'argent. Le plaisir qu'il semblait éprouver à cette nouvelle la glaça un peu plus. Il se pencha vers son acolyte, menaçant :

– Si tu en parles à quiconque, je te tuerai.

Loulou, frissonnante, attendit quelques instants après que les deux hommes furent partis pour rejoindre le Palais des Illusions. Elle chercha Charles du regard, puis Gaby. Tous deux avaient quitté les lieux. Un étrange pressentiment s'empara d'elle, transformant sa peur en une véritable panique.

3 Visite nocturne

Le lendemain, aux aurores, un fiacre roulait à vive allure sur une route forestière de la région parisienne. À l'intérieur, Loulou, accompagnée de son ami Toby, bouillonnait d'impatience. Pour la énième fois, elle pressa le cocher d'aller encore plus vite :

– C'est une question de vie ou de mort !

– Ne t'en fais pas, nous arriverons à temps, tentait de la rassurer Toby.

Mais rien ne pouvait apaiser la jeune fille.

– Ils sont devenus fous ! s'écria-t-elle. Qu'est-ce qui a bien pu leur passer par la tête ?

– Tu n'as donc pas compris, Loulou ? lui demanda Toby, incrédule. C'est pourtant simple ! Ils sont tous les deux jaloux ! Très, très jaloux !

– Jaloux ? Mais de quoi ? demanda Loulou, naïve.

– Eh bien… ils sont jaloux parce qu'ils t'aiment, tous les deux !

– Tu dis n'importe quoi ! s'emporta Loulou. Pas Gaby ! C'est impossible, il est comme un frère pour moi !

En prononçant ces mots, la jeune fille sentit les larmes lui monter aux yeux. Toby avait sans doute raison. Elle aussi les aimait tous les deux. Pas de la même façon, c'est sûr, mais… Ses sentiments étaient si confus ! Au-dessus de tout, elle ressentait une terrible culpabilité.

À quelques kilomètres de là, le soleil inondait une clairière de ses premiers rayons, qui filtraient à travers les arbres de la forêt. Un homme vêtu de noir tenait dans ses mains une boîte renfermant deux pistolets. Trois personnes l'entouraient : Charles, Gaby et Marcel.

– Ce duel est complètement idiot, Gaby ! dit Marcel. Laisse tomber, voyons !

Le jeune journaliste serra les mâchoires en fixant son adversaire :

– Pas question ! Il faut que je règle cette histoire, une bonne fois pour toutes !

– Vous savez, intervint Charles, il n'y a qu'une balle dans ces pistolets. Mais si on la prend en plein front, c'en est fini. Si vous voulez que nous arrêtions là, je suis prêt à accepter vos excuses...

Mais Gaby n'avait aucune intention de s'excuser.

L'homme en noir tendit une arme à chacun des deux garçons et leur expliqua les règles du duel :

– Placez-vous dos à dos, faites dix pas et mettez-vous en joue. Puis, à mon signal, tirez.

Les deux jeunes hommes obéirent. Ils s'éloignèrent l'un de l'autre en comptant leurs pas et se retournèrent, le bras armé reposant le long de leur corps.

– En joue ! commanda l'homme en noir.

Dans un silence de mort, tous deux levèrent leur pistolet. La clairière ne résonnait que des bruits de la forêt.

Bientôt, l'homme en noir leur donnerait le signal, et ils tireraient.

Soudain, un vacarme se fit entendre. Un cheval au galop approchait. Les duellistes tournèrent la tête et virent Loulou, échevelée, descendre de son fiacre et se positionner entre eux.

– Arrêtez ! hurla-t-elle. Vous êtes complètement fous !

Gaby lança un regard entendu à Marcel, qui baissa la tête : c'est lui qui avait fait prévenir Loulou. À son tour, Toby descendit. Il arracha les pistolets des mains des deux garçons, qui ne lui opposèrent aucune résistance.

– Qu'est-ce que vous cherchiez ? cria Loulou, hors d'elle. À être tués ou blessés ? Vous êtes aussi bêtes l'un que l'autre !

La pression du duel retombée, les garçons n'étaient pas fiers. Ils dévisageaient Loulou, penauds.

– Elle a raison, dit enfin Charles. Cette querelle est stupide. Mais je n'ai rien fait d'autre que de passer un peu de temps avec Loulou...

– En effet, intervint la jeune fille d'un ton sans appel, c'est à Gaby de s'excuser.

Le journaliste fixa ses chaussures :

– Je suis désolé, Charles. Je me suis mal conduit avec vous.

Il releva les yeux en direction de Loulou :

– Je pense qu'il est préférable qu'on ne se voie plus. Fais attention à toi.

Un signe de tête à Marcel, et tous deux s'éloignèrent sur la route, laissant la jeune fille sans voix. Elle venait de perdre son meilleur ami, son meilleur ami depuis toujours.

Sofia de Lagny avait embarqué sur le *Général Lafayette*, un luxueux paquebot qui reliait la côte

Est des États-Unis d'Amérique au port du Havre, en France. Nombre de passagers regagnaient la vieille Europe pour assister à l'Exposition universelle. Parmi eux se trouvaient les frères Louis et Auguste Lumière*, inventeurs du cinématographe. Au cours de la longue traversée, ils offrirent aux voyageurs une projection de leurs courts-métrages.

Ce fut un choc **pour** une grande partie du public qui n'avait jamais vu de film auparavant.

* Loulou a rencontré les frères Lumière dans le tome 6 de la série, *La petite danseuse*, et elle a dansé devant leur caméra.

L'assistance poussa des cris de frayeur lors de la célèbre scène de *L'arrivée d'un train en gare de La Ciotat* : ils eurent l'impression que la locomotive à l'écran allait les renverser ! Pour Sofia, toutefois, le choc survint un peu plus tard. Les frères Lumière diffusèrent un autre de leurs films, intitulé *La petite danseuse*. On y voyait une jeune fille en tutu effectuer avec grâce une élégante chorégraphie. Une jeune fille dont la ressemblance avec Sofia était frappante. Quand l'œil de la caméra captura

les chaussons de la petite danseuse, les maigres doutes de Sofia s'envolèrent. Ces chaussons étaient l'unique objet qu'elle avait laissé au père Ménard lorsqu'elle avait dû abandonner Loulou : ses ballerines rouges, sur lesquelles était brodé le cygne blanc, symbole de la famille Lagny !

À l'issue de la projection, encore tremblante, elle alla trouver les frères Lumière. Ceux-ci connaissaient de renom la célèbre Sylvia Newton.

– Après la petite danseuse que nous avons filmée, nous aimerions beaucoup en filmer une grande ! la complimenta Auguste.

Sofia sauta sur l'occasion :

– Justement, cette petite danseuse, connaissez-vous son nom ?

Les deux frères réfléchirent un instant.

– Lili ? proposa Louis.

– Non, Loulou ! rectifia Auguste. Une enfant très douée.

Sofia, sous le choc, articula avec peine :

– Savez-vous où elle est ?

Si les frères Lumière ignoraient ce qu'il était advenu de Loulou, ils fournirent à Sofia le meilleur indice pour retrouver sa fille :

– Son ami, un garçon nommé Gaby, était journaliste. Il travaillait pour *Le Clairon*...

De son côté, Loulou était déterminée à faire avancer l'enquête qui lui permettrait de retrouver sa mère.

Elle était convaincue que l'homme à la canne d'argent était la personne la mieux placée pour détenir des informations. Grâce aux relations que le père de Charles entretenait avec le baron de Boisrobert, elle n'eut aucun mal à obtenir l'adresse du mystérieux personnage. Elle n'eut pas plus de mal à convaincre Toby de l'accompagner.

Le soir même, tous deux s'introduisirent dans l'appartement de l'homme à la canne d'argent. Toby tremblait de peur :

– Et s'il rentrait à l'improviste ?

– D'après Charles, il est en déplacement en province. Il ne devrait pas revenir de si tôt.

À la lueur d'une bougie, ils inspectèrent les lieux.

– Cet homme a retrouvé la trace de maman aux États-Unis... Il doit forcément cacher des renseignements sur elle, dit Loulou.

Soudain, elle heurta un guéridon. Un cadre était posé dessus. Dedans, une photo sur laquelle Loulou reconnut immédiatement sa mère. Elle retira le verre du cadre et retourna le cliché. Un message y était inscrit : *À Gauthier, mon amour. Sofia.*

– Après avoir assassiné mon père, ce monstre lui a volé une photo ! cracha Loulou, écœurée, en remettant le cliché à sa place.

Elle ouvrit un à un les tiroirs d'une vaste commode. Quelle ne fut pas sa surprise de découvrir ses chaussons de danse !

– Mais... la vieille Trochu m'avait confisqué ces ballerines ! Comment sont-elles arrivées ici ?

– Je te les aurais rendues, Loulou.

Toby et la jeune fille sursautèrent. Face à eux se tenait l'homme à la canne d'argent. Il avait aperçu la lueur de la bougie sous la porte et était entré sans bruit.

– Tu es le portrait de ta mère, murmura-t-il en s'approchant, la dévorant des yeux. Ne crains rien, je veux juste te parler.

Profitant de ce que l'homme, focalisé sur Loulou, ne prêtait pas attention à lui, le petit baron s'empara d'un vase et le fracassa de toutes ses forces sur le crâne du propriétaire des lieux, qui s'écroula sur le plancher.

– Filons avant qu'il ne se réveille ! cria Toby.

Mais Loulou voulait découvrir ce visage toujours caché derrière une épaisse écharpe. Elle avança sa main.

– Loulou ! gronda Toby.

L'homme à la canne esquissa un mouvement. Déjà, il se réveillait. La jeune fille ramassa la photo de sa mère, ses chaussons de danse, et prit la poudre d'escampette. À peine Toby et elle étaient-ils dans l'escalier que l'homme à la canne s'était remis sur ses pieds. Il ouvrit sa fenêtre sur la nuit froide et appela Loulou en un cri désespéré. Un cri si déchirant que, tout en fuyant, elle lâcha le cadre, qui se brisa sur le sol. Pas question de s'arrêter : les deux amis continuèrent leur course folle jusqu'à être hors de danger.

4

Retrouvailles

Enfin, le *Général Lafayette* accosta dans le port du Havre. Sofia en descendit, sur ses gardes, convaincue que ses ennemis l'y attendaient.

« Comment pourraient-ils savoir que je suis arrivée ? tentait-elle de se rassurer. Aux yeux des Français, c'est la danseuse Sylvia Newton qui vient faire une représentation à Paris... »

Malgré cela, elle ne parvenait pas à être tout à fait sereine. Et pour cause : dans un fiacre sur

le quai, l'homme à la canne d'argent l'observait. Il était troublé par sa beauté, restée intacte après toutes ces années. Avant qu'il ait eu le temps de descendre de voiture, un chauffeur, envoyé par l'Exposition universelle, vint au-devant de la jeune femme. Impuissant, l'homme à la canne d'argent la vit disparaître dans une automobile.

Le chauffeur conduisit Sofia jusqu'à la capitale et la déposa au Ritz, un luxueux hôtel de la place Vendôme. Elle fit aussitôt appeler la rédaction du *Clairon.*

Le lendemain, Gaby arriva avec cinq minutes d'avance devant l'hôtel. Il n'en revenait pas : Sylvia Newton, la star, avait décidé de n'accorder qu'une seule interview, et elle avait choisi de la donner au *Clairon* ! Ça allait être un sacré scoop !

Il se présenta à la réception et on le conduisit dans le salon de la suite qu'occupait la danseuse.

– Votre nom m'a été donné par les frères Lumière, dit Sofia en guise d'introduction.

– Vraiment ? Mais… je les connais à peine.

– Eux se souviennent de vous. Vous leur aviez rendu visite avec une amie, une petite danseuse…

Gaby se sentait mal à l'aise. Cet entretien démarrait d'une curieuse manière. Et cette Sylvia Newton était d'une beauté qui n'était pas sans lui rappeler...

– Allez-y, jeune homme, posez-moi une question ! l'encouragea Sofia, interrompant ses réflexions.

– Eh bien, madame… quelle question aimeriez-vous que je vous pose ? bredouilla-t-il, conscient que sa réplique manquait singulièrement de professionnalisme.

– Vous pourriez, par exemple, me demander mon vrai nom…, continua Sofia, mystérieuse.

Cette fois, il n'y avait plus à douter : ce regard si bleu, ces traits si fins, ces longs cheveux noirs… La gorge de Gaby se noua. Sofia le fixait avec une telle intensité ! Enfin, le jeune journaliste parvint à articuler quelques mots :

– Ainsi, vous êtes revenue…

– Oui, et je veux la voir, répondit Sofia au bord des larmes.

Sur la scène du Moulin Rouge, Loulou répétait pour la première fois en tant que danseuse de french cancan. Le directeur avait chargé la Goulue de la faire travailler, et l'entraînement durait déjà depuis des heures. La jeune fille avait troqué sa tenue de danseuse classique pour une robe à

froufrous bleus, blancs et rouges. Elle était seule sur la scène, un simple piano accompagnait ses mouvements. La mélodie s'accéléra, annonçant la fin du morceau, et Loulou termina sa chorégraphie sur un grand écart impressionnant. Toutefois, la Goulue s'approcha d'elle, mécontente :

– Non, non et non ! Je te l'ai dit quinze fois : plus haut, les jupons ! Là, c'est beaucoup trop timide ! Bon, allez, on arrête pour aujourd'hui. On reprendra demain…

La Goulue quitta la salle, laissant Loulou un peu découragée. Elle avait le sentiment de se donner du mal, elle voulait bien faire…

– Un conseil : méfie-toi de cette bonne vieille Goulue. Pour elle, on ne lève jamais les jambes assez haut… À croire qu'elle aime bien montrer sa culotte !

La voix provenait du fond de la salle. Les projecteurs braqués sur la scène empêchaient Loulou de voir qui avait parlé. Elle mit la main en visière et ne discerna que la silhouette d'une femme. Une femme élégante.

– Ce qui importe dans la danse, poursuivit celle-ci, c'est le naturel. Il faut que tu sois toi-même.

À côté de la silhouette féminine, Loulou reconnut celle de Gaby.

– Je sais que nous sommes fâchés, dit-il, mais, il y a longtemps, je t'ai fait une promesse...

– Quelle promesse ? demanda Loulou, de plus en plus intriguée.

L'inconnue approchait irrémédiablement de la jeune fille, sortant peu à peu du contre-jour qui dissimulait son visage. Loulou commençait à comprendre... mais comment y croire ?

Sofia s'arrêta à un pas d'elle.

– Vous... Qui êtes-vous ?

La jeune fille avait l'impression que, d'une minute à l'autre, ses jambes allaient se dérober sous elle.

– Oui, c'est moi.

Elles s'observèrent un long moment en silence, se dévorant du regard.

– Maman ?

– Me pardonneras-tu de t'avoir laissée seule pendant tant d'années ? Mon amour, je te le promets, nous allons rattraper le temps perdu !

Et elles tombèrent enfin dans les bras l'une de l'autre, laissant libre cours à des torrents de larmes.

Gaby s'éclipsa. Lui aussi était ému, et sa pudeur lui dictait que la mère et la fille devaient vivre ce moment en tête à tête. À présent, son amie n'avait plus besoin de lui...

Non loin de là, sous une pluie battante, on inaugurait en grande pompe l'Exposition universelle de Paris. Émile Loubet, le président de la République, prononça un discours et découpa un ruban tricolore, ouvrant officiellement les festivités.

Une foule d'invités, triés sur le volet, assistaient à la cérémonie, ravis de découvrir en exclusivité toutes les merveilles qui avaient été bâties pour l'occasion. Charles avait été contraint d'accompagner son père, qui se tenait au côté du baron de Boisrobert et qui, comme lui, se frottait les mains de ce succès.

Dans le Palais des Illusions, Boisrobert s'éclipsa. Charles, méfiant, le suivit des yeux. Le baron se dirigea vers une religieuse, avec qui il discuta d'un air de comploteur.

« Bizarre… », se dit Charles.

Il s'approcha discrètement et se blottit dans un recoin d'où il pouvait entendre la conversation sans risquer d'être vu.

– Mon cher Tcherenko, je constate que vous n'êtes jamais à court d'idées en matière de déguisements ! s'amusa le baron.

– L'heure du châtiment approche, répondit l'assassin au fort accent russe. Tout est en place pour l'explosion finale…

– Voilà qui est parfait.

– Et il y a autre chose, reprit Tcherenko. Dédé le Borgne a des informations importantes concernant Sylvia Newton...

– Sylvia Newton ? La danseuse américaine ?

– Oui, son vrai prénom est Sofia, et vous la connaissez bien... C'est la mère de la duchesse Loraine de Lagny, n'est-ce pas ? Toutes les deux ne devraient-elles pas être... au ciel ?

Boisrobert prit un air grave avant d'articuler entre ses dents serrées :

– Ainsi, l'homme à la canne d'argent a menti... Il n'a pas fait son travail. Je crois, mon cher Tcherenko, que vous allez devoir vous charger de la mission qu'il était censé effectuer il y a treize ans...

Les sous-entendus du baron étaient parfaitement clairs pour Tcherenko. Il n'avait pas besoin qu'on lui en dise davantage. Mais il ignorait que Charles avait tout entendu. Et lui aussi avait bien compris les intentions de Boisrobert.

5

La vérité

La mère et la fille s'étaient rendues dans la suite de Sofia. Il neigeait, comme la nuit où elles s'étaient quittées. Mais ce soir-là, par la fenêtre de la chambre d'hôtel, le blanc manteau qui recouvrait la capitale rendait le tableau féerique. Elles soupèrent face à face, sans qu'aucun sujet douloureux soit abordé. Joie et gaieté étaient les seuls mots d'ordre.

Au dessert, pourtant, Loulou sentit soudain une grande fatigue s'abattre sur ses épaules.

– Qu'y a-t-il, Loulou ? s'inquiéta Sofia. Tu as l'air triste...

– Je ne le suis pas... mais j'ai juste du mal à y croire. J'ai peur de me réveiller au pensionnat de Mlle Trochu ou chez les affreux Ribounet...

Sofia s'approcha de sa fille et la serra dans ses bras. Loulou leva vers elle ses yeux embués de larmes :

– Maman, il faut que tu me racontes... Que s'est-il passé ? Pourquoi l'homme à la canne d'argent nous pourchasse-t-il toujours, après toutes ces années ?

– Cet homme est un monstre ! grinça Sofia. Il a fait accuser ton père d'un crime qu'il avait lui-même commis. Pour se blanchir, il a tué ton père. C'est parce qu'il me poursuivait que j'ai dû t'abandonner...

Sofia se tut un instant. Elle prit une grande inspiration, avant de se lancer :

– D'accord, je vais tout te raconter...

Sofia était danseuse au Moulin Rouge lorsqu'elle avait fait la connaissance de Gauthier de Lagny. Ils étaient tombés amoureux au premier regard. Un soir, tandis qu'elle terminait son numéro sur scène, le jeune duc lui avait fait une surprise qu'elle n'oublierait jamais. Il était monté sur le balcon où jouait l'orchestre et, au moment où celui-ci avait entamé un air romantique, Gauthier avait lâché sur Sofia de délicats pétales de roses. Puis, devant le public ébahi, il avait pris

la parole : « Sofia, veux-tu être ma femme ? » Bien sûr, elle avait accepté, et la salle avait retenti d'un tonnerre d'applaudissements qui célébrait leur amour. Sofia et Gauthier étaient heureux.

En racontant cela, Sofia, assise à côté de sa fille, caressait machinalement la bague frappée d'un cygne blanc à son doigt.

– Une danseuse de french cancan et le fils de l'une des plus illustres familles françaises, tu imagines le scandale ! Parmi les Lagny, seule Éléonore, la grand-mère de Gauthier, ne s'est pas opposée au mariage. Il a eu lieu dans la chapelle du Cygne Noir, sur l'île en face du château. Il n'y avait à nos côtés qu'Éléonore et mon amie Fédora… C'était un moment magique.

Mais alors les ennuis avaient commencé. Le baron de Boisrobert se faisait passer pour un ami du clan des Lagny ; en fait, il ne s'intéressait qu'à sa fortune. Les parents de Gauthier étaient morts, et sa grand-mère ignorait tout de la finance. Lui-même était jeune, inexpérimenté, et les affaires d'argent ne l'intéressaient pas. Manipulateur, Boisrobert avait œuvré dans son dos pour s'emparer de tout ce que possédaient les Lagny.

Un jour, Gauthier était allé chez le notaire de la famille. Celui-ci lui avait lu un document officiel dont le jeune homme n'avait jamais entendu parler : « Conformément au testament de Jean de

Lagny, père de Gauthier, et en raison du mariage de celui-ci rejeté par la famille, le baron de Boisrobert est désigné pour gérer la fortune des Lagny. »

Bientôt, Loulou était née. Le bébé et ses parents vivaient dans un modeste appartement. Gauthier avait compris que Boisrobert l'avait piégé. Il cherchait le moyen de récupérer ce qui lui revenait de droit. « Oublie tout ça, mon amour, le suppliait Sofia. Ce Boisrobert me fait peur… et nous n'avons pas besoin de grand-chose… » Mais Gauthier ne baissait pas les bras, il voulait s'assurer que sa fille serait toujours à l'abri du besoin.

Il avait réussi à convaincre le secrétaire de Boisrobert de la tromperie dont il était victime. Et celui-ci, un certain Édouard Bonfils, avait accepté de l'aider et de témoigner en sa faveur. Ainsi, la trahison de Boisrobert serait dévoilée au grand jour, et la fortune restituée… Hélas, un jour que Gauthier rendait visite à Édouard Bonfils, il le trouva mort, un poignard planté dans le dos. Sous le choc, il s'approcha de l'arme et la retira… « Vous êtes en état d'arrestation ! » Gauthier se retourna : Boisrobert, l'homme à la canne d'argent, Dédé le Borgne et Bibi lui faisaient face.

Pour Sofia, c'était une terrible épreuve que de raconter tout cela. Pourtant, elle continuait courageusement :

– Bien sûr, c'était un piège. Ils avaient assassiné Bonfils pour l'empêcher de parler. L'homme à la canne d'argent était un policier véreux, et les empreintes de ton père se trouvaient désormais sur le poignard : il était bon pour la prison. Seulement, ce n'était pas suffisant pour Boisrobert : toi et moi, nous mettions aussi ses projets en péril… Alors, devant ton père, il a chargé l'homme à la canne d'argent de nous tuer, nous aussi…

À ces mots, Gauthier était devenu comme fou. Il avait trouvé en lui l'énergie de se débattre et de retourner l'arme contre Boisrobert. Puis il s'était échappé et avait donné un tour de clé derrière lui, enfermant ses poursuivants dans le bureau de Bonfils. Il était libre, mais de terribles accusations pesaient sur lui. Il ne lui restait qu'une solution : fuir ! Boisrobert l'avait bien compris. « Lorsqu'on nous aura libérés, avait-il dit à l'homme à la canne d'argent, vous filerez au Havre. Gauthier a toujours rêvé d'aller en Amérique. Il prendra le premier bateau pour les États-Unis. »

Gauthier avait filé jusqu'à son appartement pour venir chercher sa femme et son bébé : « Nous devons partir tout de suite ! » Ils avaient fui comme des voleurs, chargés de deux pauvres valises. La neige s'était mise à tomber à l'instant où ils montaient dans un fiacre. Entre-temps, Boisrobert et ses complices avaient réussi à se libérer. Dans une rue de Montmartre, ils leur avaient tendu une

embuscade : le fiacre des comploteurs barrait la route de celui des fuyards. « Nous devons nous séparer, avait décidé Gauthier. Emmène Loulou et fuis par là ! Si Dieu le veut, nous nous retrouverons demain au Havre, sur le bateau… »

Gauthier avait laissé sa femme prendre un peu d'avance, avant de courir dans une autre direction. L'homme à la canne d'argent, Dédé le Borgne et Bibi s'apprêtaient à se lancer à ses trousses, quand Boisrobert les avait arrêtés : « Gauthier est recherché par la police ; c'est un homme fini. Rattrapez plutôt le bébé et sa mère. Supprimez enfin le nom de Lagny ! »

Dans la tiédeur de la chambre du Ritz, Sofia prit la main de Loulou et la serra de toutes ses forces :

– J'étais convaincue que je n'échapperais pas à ces monstres. Tout ce qui m'importait, c'était de te mettre à l'abri. Et soudain l'église du père Ménard est apparue devant moi. Il m'a cachée, le temps que nos ennemis s'en aillent. Mais ils n'étaient pas loin... Te confier à ce prêtre me semblait être ta seule chance de survie.

Le père Ménard avait fait sortir Sofia par la porte de derrière, donnant sur le cimetière. Une chance inouïe avait souri à la jeune mère : elle avait réussi à rejoindre le port du Havre le lendemain. Mais Gauthier n'était pas au rendez-vous. Elle avait donc embarqué seule pour l'Amérique.

– J'avais tout perdu. Je tremblais à l'idée de ce qu'ils avaient pu faire à Gauthier. Mon seul réconfort était de savoir que toi, tu allais vivre. En arrivant à New York, j'ai attendu pendant des semaines, guettant les bateaux qui venaient de France. Et puis, aux alentours de Noël, un voyageur m'a donné un journal français,

qui datait de la fin novembre. C'est en le lisant que j'ai appris la mort de ton père. L'article racontait qu'il était tombé d'une falaise, au Havre, en tentant d'échapper à la police. Alors, je suis partie vers l'Ouest et je suis devenue Sylvia Newton...

Loulou se blottit contre sa mère, et toutes deux restèrent ainsi pendant un long moment, ignorant l'animation qui régnait sur la place Vendôme, ignorant qu'il s'y trouvait un homme, immobile malgré les flocons qui lui tombaient dessus. Derrière ses lunettes aux verres fumés, ses yeux fixaient la fenêtre de la suite. Il serrait plus fort que jamais le pommeau d'argent de sa canne.

Loulou et Sofia parviendront-elles enfin à se débarrasser de leurs ennemis ?

Tu le sauras en lisant le dernier tome de :

Loulou de Montmartre

21 • Le destin d'une duchesse

Dans la collection
Loulou de Montmartre

1 • L'homme à la canne d'argent

2 • Le pensionnat

3 • Escapade nocturne

4 • Les complots du baron

5 • Les révélations du père Ménard

6 • La petite danseuse

7 • L'adieu au pensionnat

8 • Bienvenue chez les Ribounet !

9 • Incendie sur la Butte

10 • Libérez Trompe-la-Mort !

11 • Le portrait de Sofia

12 • Le Lac des Cygnes

13 • Menace au château

14 • Sortie à l'opéra

15 • Un mystérieux rendez-vous

16 • Les petits rats de l'Opéra

17 • Coup de tonnerre sur Paris

18 • Une danseuse au Ciel

19 • Les secrets du Moulin Rouge

20 • French cancan

21 • Le destin d'une duchesse

Loulou
de Montmartre
Le destin
extraordinaire
d'une grande danseuse !
Loulou
de Montmartre
(8)
Bienvenue
chez les Ribounet !
bayard poche
Loulou
de Montmartre
(9)
Incendie sur la Butte
bayard poche
Loulou
de Montmartre
(10)
Libérez
Trompe-la-Mort !
bayard poche
En librairie • 5,90 €
bayar